张宗子诗选

常春藤诗丛

武汉大学卷

李少君　主编

张宗子　著

陕西新华出版传媒集团

太白文艺出版社

图书在版编目（ＣＩＰ）数据

张宗子诗选 / 张宗子著. — 西安：太白文艺出版社，2019.1

（常春藤诗丛. 武汉大学卷）

ISBN 978-7-5513-1578-4

Ⅰ．①张… Ⅱ．①张… Ⅲ．①诗集－中国－当代 Ⅳ．① I227

中国版本图书馆 CIP 数据核字（2018）第 294769 号

张 宗 子 诗 选

ZHANG ZONGZI SHIXUAN

作　　者　　张宗子

责任编辑　　蒋成龙　姚亚丽

封面设计　　不绿不蓝　杨西霞

版式设计　　刘戈

出版发行　　陕西新华出版传媒集团

　　　　　　太 白 文 艺 出 版 社

经　　销　　新华书店

印　　刷　　北京彩虹伟业印刷有限公司

开　　本　　787 毫米×1092 毫米　1/32

字　　数　　71 千

印　　张　　6.625

版　　次　　2019 年 1 月第 1 版

书　　号　　978-7-5513-1578-4

定　　价　　45.00 元

如有印装质量问题，可寄出版社印制部调换

联系电话：029-81206800

出版社地址：西安市曲江新区登高路 1388 号（邮编：710061）

营销中心电话：029-87277748　029-87217872

珞珈山与珞珈诗派
——《常春藤诗丛·武汉大学卷》序言

  一所大学能拥有一座山，已属罕见；而这座山在莘莘学子心目中拥有不可替代的崇高地位，在当代中国也是少有；并且，这座山还被誉为诗意盎然的现代诗山，就堪称是唯一的了。在这里，我说的就是武汉大学所在地珞珈山。

  前段时间，我在网上看到一篇报道，是武汉大学北京校友会会长、著名企业家陈东升在校友会上的发言。他说："珞珈山是我心中的圣山，武汉大学是我心中的圣殿，我就是一个虔诚的信徒和使者。"把母校如此神圣化，让人震撼，也让人感动，更充分说明了珞珈山的魅力。

  武汉大学每年春天举办一次面向全国乃至世界在校大学生的樱花诗会。有一年，作为樱花诗会的嘉宾，我也说过类似的话："站在这里，我首先要对珞珈山致敬。这是一座神圣的现代诗山，'珞珈'二字就是闻一多先生给它的一个诗意命名。从此，珞珈山上，诗意源源不断，诗情绵绵不绝，诗人层出不穷。"

因此，关于珞珈山，我概括了这样一句话：珞珈山是"诗意的发源地，诗情的发生地，诗人的出生地"。在这里，我想对此略加阐释。

第一，关于"诗意的发源地"。关于诗歌的定义，有这么一个说法一直深得我心：诗歌是自由的美的象征。而美学界早就有过这样的论述：美是自由的象征。在武汉大学，很早就有过关于珞珈山上武汉大学的特点的讨论。不少人认为，第一就是自由。即开放的讨论，自由的风气，积极进取的精神。早在20世纪80年代，武汉大学就被认为是中国高校改革的试验区，学分制、转学制、双学位制、作家班制、插班生制等制度改革影响至今。关于自由的概念争议很大，但我同意这样的看法，人所取得的一切在某种程度上是其自由创造的结果。2018年是改革开放四十年，中国目前所取得的成就，可以说是中国人民四十年来自由创造所取得的成果。珞珈山诗人王家新曾说，现在的一切，是20世纪80年代精神的成就和产物。这样一种积极自由的努力，在珞珈山上随处可见，这也是武汉大学创造过众多国内第一的原因。包括珞珈诗派，在国内高校中，也是第一个提出诗派概念的。所以，武汉大学是诗意的发源地，因为这里也是自由的家园。

第二，关于"诗情的发生地"。武汉大学校园风景之美中国公认，世界罕见。这样的地方，会勾起人们对大自然天然的热爱，对美的热爱，这是一种天生的诗歌的情感。而在这样美好的地方生活、学习和工作的人，比一般人就敏感，也更随性随意，这是一种诗意的生活方式。樱园、桂园、桃园、梅园、枫园，校园里每个地方每个季节都触发人的情感，诗歌就是"触景生情，睹物思人"，因此，珞珈山是"诗情的发生地"。在这里，各种情感的发生毫不奇怪，比如很多人开玩笑说武汉大学出来的学生，比较"好色"，好山色水色、春色秋色，还有暮色月色，以及云霞瑰丽、天空碧蓝等。情感也比一般人丰富，对美的敏感度远高于其他高校学生。而比起那些一直生活在灰色都市里的人，珞珈山人的情感也好，故事也好，显然要多很多。

第三，关于"诗人的出生地"。意思是在珞珈山，因为环境的自由，风景的美丽，很容易成为一位诗人，而成为诗人后，必定会有某种自觉性。自觉地，然后是努力地去成为更纯粹的诗人，以诗人的方式创造生活。当然，这并不是说珞珈山出来的人都会成为诗人，而是说受过珞珈山的百年学府文化影响和湖光山色陶冶的学子，都会有一颗纯净的诗心，执着于自己的追求；会有一种蓬勃的诗兴，充满激情地为自己的事业而奋斗。陈东升说，珞珈山出来的人，天性气质"质朴而浪漫"，这就是一种诗性气质。珞珈人具有天然的诗性气质，也是珞珈人特有的一种气质，它体现为一种精神：质朴，故能执着；浪漫，所以超越。

说到珞珈山的诗人，几乎都有单纯而质朴的直觉。王家新算得上珞珈山诗人中的大"诗兄"，他是"文革"后第一代大学生，又参与过第一本全国性大学生刊物《这一代》的创办。《这一代》是由王家新、高伐林与北京大学陈建功、黄子平，吉林大学徐敬亚、王小妮，湖南师大韩少功，中山大学苏炜等发起的，曾经轰动一时。后来王家新因出名较早，经常被划入"朦胧诗派"，他的写作、翻译影响了好几个时代，他现在在中国人民大学文学院当教授、带博士生，一直活跃在当代诗坛。家新兄大名鼎鼎，但写的诗却仍保持非常纯粹的初始感觉，让人耳目一新，比如他的《黎明时分的诗》，全诗如下：

黎明

一只在海滩上静静伫立的小野兔

像是在沉思

听见有人来

还侧身向我打量了一下

然后一纵身

消失在身后的草甸中

那两只机敏的大耳朵

那闪电般的一跃

真对不起

看来它的一生

不只是忙于搬运食粮

它也有从黑暗的庄稼地里出来

眺望黎明的第一道光线的时候

　　我总觉得这只兔子是珞珈山上的，其实就是诗人本身，保持着对生活、对美和大自然的一种敏感。这种敏感，源于还没被世俗污染的初心，也就是"童心"和"赤子之心"，只有这样纯粹的心灵，才会有细腻细致的感觉，感觉到和发现大自然的种种美妙。王家新虽然常常被称为知识分子写作，但他始终没被烦冗的修辞技术淹没内心的纯真敏锐。按敬文东的说法，王家新是"用心写作"而不是"用脑写作"的。

无独有偶，比王家新年轻十来岁的邱华栋也写过一只小动物松鼠。邱华栋少年时就是诗人，因为创作成绩突出被保送到武汉大学，后来主攻小说，如今是鲁迅文学院常务副院长。邱华栋的诗歌不同于他的小说，他的小说是他人生经历和阅读学习的转化，乃至他大块头体型的体现。他的小说庞杂，包罗万象，广度深度兼具，有一种粗犷的豪放的躁动风格。而他的诗歌，是散发着微妙和细腻的气息的，本质是安静的，是回到寂静的深处，构建一个纯粹之境，然后由这纯粹之境出发，用心细致体会大自然和人生的真谛。很多诗句，可以说是华栋用自己的思想感受和身体感觉提炼而成的精华。比如他有一首题为《京东偏北，空港城，一只松鼠》的诗歌，特别有代表性，堪称这类风格的典范。全诗如下：

朝露凝结于草坪，我散步

6

一只松鼠意外经过
这样的偶遇并不多见

在飞机的航道下，轰鸣是巨大的雨
甲虫都纷纷发疯
乌鸦逃窜，并且被飞机的阴影遮蔽
蚱蜢不再歌唱，蚂蚁在纷乱地逃窜

所以，一只松鼠的出现
顿时使我的眼睛发亮
我看见它快速地挠头，双眼机警
跳跃，或者突然在半空停止
显现了一种突出的活力

而大地上到处都是人
这使我担心，哪里使它可以安身？
沥青已经代替了泥土，我们也代替了它们

而人工林那么幼小，还没有确定的树荫
我不知道我的前途，和它的命运

谁更好些？谁更该怜悯谁？

热闹非凡的繁华都市，熙熙攘攘人来人往的空港，已是文坛一腕的邱华栋，心底却在关心着一只不起眼的松鼠的命运，它偶尔现身于幼小的人工林中的草坪上，就被邱华栋一眼发现了。邱华栋由此开始牵挂其命运，到处是水泥工地，到处是人流杂沓，一只松鼠，该如何生存？邱华栋甚至联想到自己，在时代的洪流中，在命运的巨兽爪下，如何安身立命？这一似乎微小的问题，既是诗人对自己命运的追问，其实也是一个世纪的"天问"。文学和诗歌，不管外表如何光鲜亮丽，本质上仍是个人性的。在时代的大潮中，诗歌可能经常被边缘化，无处安身，实际上也不过是一只小松鼠，弱小得无能为力，但有自己的活力和生命力，并且这小生命有时会焕发巨大的能量。这只松鼠，何尝不也是诗人的一种写照？

一只兔子，一只松鼠，这两只小动物，其实可以看成珞珈山诗人在不同场景中的一个隐喻。前一个是置身自然，对美的敏感；后一个是身处都市，对生活和社会的敏感。这两只小动物，其实就是诗人自身的形象显现。

其他珞珈山的诗人也多有这一特点，比如这套诗丛里的汪剑钊、车延高、邱华栋、黄斌、阎志、远洋、张宗子、洪烛、李浔等，每个人都有自己对于美、生活和社会的敏感点，可见地域或背景对诗人的影响是自然的也是必然的。凡在青山绿水间成长的诗人，总是有一种明晰性，就像一株草、一朵花或一棵树，抑或晨曦的第一缕光、凌晨的第一声鸟鸣或天空飘过的一朵白云，总是清晰地呈现出来，不像那种雾霾都市昏暗书斋的诗歌，自己都不知道自己在发泄和表达些什么，总是晦暗和艰涩的。

当然，珞珈诗人的特点不限于敏感，虽然敏感是诗人的第一要素。他们还有着很多的其他的特点：自由，开放，具有理想的情怀、浪漫的色彩和包容的气度，充满想象力和创造力。这一切，也是珞珈山赋予他们的。自由，是珞珈山的诗意传统和无比开阔的空间，给了珞珈诗人在地理上、精神上和历史的天空翱翔的自由；开放包容，是武汉大学特有的居于中央贯通东西南北的地理位置，让珞珈诗人有了大视野、大格局；珞珈山那么美，东湖那么大，更是珞珈诗人想象力的根基，也是珞珈诗人浪漫和诗情的来源，而最终，这些都会转化为一种大气象、大胸襟和创造力。所以，珞珈诗人的包容性都是比较强的，古今中外兼容并蓄，没有拘谨地禁锢于某一类。所以，除了诗人，珞珈山还盛产美学家、诗歌评论家和翻译家，他们也都写诗。整座珞珈山，散发着一种诗歌气质和艺术气息。

总之，珞珈诗派的诗歌追求，在我看来，首先，是有着一种诗歌的自由精神，一种诗歌的敏锐灵性与飞扬的想象力；其次，是其开放性与包容性，能够融汇古今中外，不偏颇任何题材形式；最后，是对诗歌美学品质的坚持，始终保持一种美学高度，或者说"珞珈标准"，那就是既重情感又重思辨，既典雅精致又平实稳重，既朴素无华又立意高远。现实性与超越性融合，是一种感性、独特而又有扎实修辞风格的美学创造。

李少君

2018 年 10 月

目录

约定　　　　　　　　　　　　　　　　1

未济　　　　　　　　　　　　　　　　4

收割者　　　　　　　　　　　　　　　7

我过去的河岸盛开着夏日的忍冬　　10

痕迹　　　　　　　　　　　　　　　13

必然　　　　　　　　　　　　　　　16

沉落　　　　　　　　　　　　　　　18

高处　　　　　　　　　　　　　　　20

夜太深　　　　　　　　　　　　　　22

名叫未来的星球　　　　　　　　　　24

他们　　　　　　　　　　　　　　　26

有菊花的冬夜　　　　　　　　　　　31

你是　　　　　　　　　　　　　　　33

陌上花开　　　　　　　　　　　　　35

抄书人　　　　　　　　　　　　　　37

福德汉姆的爱伦·坡小屋　　　　　　39

米开朗琪罗特展上的费鲁齐的
　　恺撒像　　　　　　　　　　　　42

蓝色：毕加索　　　　　　　　　　　44

贝多芬三重协奏曲之广板　　　　　　46

里尔克的豹子　　　　　　　　　　　48

致惠特曼　　　　　　　　　　　　　50

1

海明威　　　　　　　　　　　52

再读海明威　　　　　　　　　53

达利　　　　　　　　　　　　54

凡·高　　　　　　　　　　　56

理查·施特劳斯的六个主题　　58

革命和日瓦戈医生　　　　　　65

夜叉　　　　　　　　　　　　71

艺术和植物是美好的　　　　　74

出关　　　　　　　　　　　　77

玄奘法师　　　　　　　　　　78

下午：白居易和博尔赫斯　　　80

六喻　　　　　　　　　　　　82

解释　　　　　　　　　　　　86

联想　　　　　　　　　　　　88

聊斋二首　　　　　　　　　　90

狐狸的语言　　　　　　　　　93

杰梅卡十四行　　　　　　　　95

洛阳　　　　　　　　　　　　98

谐谑曲　　　　　　　　　　　101

莱克星顿大道上的金属雕像　　103

又一春　　　　　　　　　　　105

图书馆附近的街角　　　　　　107

风景之什 109

记梦 117

履霜 119

苦味 121

六月之思 123

三绝句 125

红雀 128

万圣节的猫 130

描写春天 131

夏日 135

秋兴 138

骑在毛驴上的人 149

雨 153

眼睛 155

人称代词 157

冬日早晨的鸽子 166

城市 168

花园 169

牡丹正红的时候 171

野葡萄 173

玫瑰 174

食石榴有感 176

海棠　　　　　　　179

长夏已尽　　　　　182

隐秘的消逝　　　　184

岁末　　　　　　　186

抵达　　　　　　　190

约定
——写给一本多年前未读完的侦探小说

从海上，从陆地，他们抵达
寒夜的孤舍。
从空中，同样充满未知的
旅程，他们抵达
不应该偏僻的小街
在幽暗得无法辨认的林木掩映下的
雾的风景。沉埋在厚重的大衣里
皮帽，围巾，绒线手套，人造珍珠项链和脂粉
他们抵达——然而——
故事的因果并无人知

总有某些细节被忽略了——
装在围墙上的门与装在脸上的眼睛
为了驱寒的炉火与留下悬念的灰烬
哥特小说与诗

诗和我们

惯于沉思默想

最终却无所用心的人

尖叫被饰以善意的和弦

毒汁孕育在黑暗中爱情那无与伦比的微光里

预感和后来的日子

不可避免地吸尽我们的智慧而成熟

陌生的人各自成家

而后陌生如故

雪下过之后仍然下雪

城市的名字在舌头上相续弹过

城市说抒情的名字是诽谤

人是注定要被谋杀的

我们把一种甜蜜称作死

我们说死的感觉就是高潮时的快乐

有一种声音不是人间

我们说死只是心灵的另一种状态

街的偏僻因为有雪

无法辨认的林木活生生地丧失了本质

房子就是房子

在雪夜的雾中之城

虽然彼此陌生

人仍然是人

是的，他们在抵达时没有想到归途

正如钟没有想到时间

时间没有想到开始和终结

正如人不是每时每刻都想到哲学

未济

舟行不利，或死于水，死于

水上之火，但陆路

山高林密，不死于狼虫

亦将死于热病或盗匪

死于万里之外的客栈

在友人的松针无休止的坠落中，死于

前人的题壁诗中，风干

孤零美丽，一个被隔绝的形容词

我是一个词，除了词义

一无所有。一个被隔绝的词

在旅行中被隔绝

那是死亡吗，或爻的虚假蜕变？

庞大的秋天，万物月圆之夜的投影

栖息在单一的思绪里

失眠症患者的思绪

带来又一个冬天沉积的枯雪

模糊的意义一再被洗刷

让旅行结为浆果

它成熟时的颜色曾使我恐惧

它的柔软使我厌倦

善意将颠覆万物，在告别的门楣上

在杯酒映照的山河

一切都因之改变——

草梗既没有被折断也没有被拆分

数字反复，太阳分裂为十

在单纯的秩序里永远回不到起始的一点

鸟隔着帷幕歌唱

无酒的起床时分

我爱慕所有如水的黑发

我是惊遽中一张突然苍白的脸

2010 年 9 月 27 日

收割者

我们还有继续观看玫瑰的日子，在持续的雨水之后，在
遗忘之后。

地上扫尽了枯枝败叶，那些花瓣也都被风吹走了。

时光不纪念自己的痕迹，我们也不纪念自己：

收割过庄稼的镰刀，啃啮草根的羊齿，劈破细雨的隆隆
车轮声，

被一支蜡烛惊醒的夜，以及，失眠占据的店和街角——

现在，沿着河流奔跑，攀上桅杆，只是现在，

凭立在用绳索从塔顶牵出的瞭望台，飘浮在云层之上，

我们的话语不用担心被倾听，甚至不需要话语，

熟悉的事物已经远去，

在沉睡之前，有太多的惋惜，我们甚至忍不住

眷念往日的仇敌，

他们花一样面对着我们开放，

具体，鲜明，富于质感，

散布着幽香，披垂着被感动的露珠。

而又微笑着缩小和变得疏松，因此连悲伤

也变得轻盈——我们的每一次悲伤，都是孩子气的——

世界每一次叠加的黑暗，

也像花的重瓣，逐次翻卷，如同翻开

快要朽烂的书页。

满怀爱抚，我们不是用指头，

而是用口角的呼吸，追随着它的步伐。

它们仍然是孩子气的，

从未伤害过我们。用旗子遮住那些痛苦的瞬间，

告诉我们安睡，安睡，像冰激凌融化，

还原成最初的物质，不断碰撞，从飞驰的天车上坠落。

然而静悄悄的，世界所有的幸福

都被精心呵护着，不曾有丝毫的颤动，安睡在更深的幸

福中。

世界重新成为正在生长的童话，

在偏僻小站的车厢里，迎面而来的陌生人，
是我们久别的欲望。

玫瑰一枝枝被投入急流，那些曾经的失败者，
在午夜，以及随后的夏日，比以往任何时候更加放纵，
睁着眼睛，双脚从桥栏上垂下，
仿佛坐在船上，盲人一样，带着惊奇和惶乱，
席卷了一个城市四季的花蕾。

2015 年 6 月 29 日

我过去的河岸盛开着夏日的忍冬

我过去的河岸盛开着夏日的忍冬，

穿过雨夜，仿佛雪后，

是流萤划破的道路，闷热中弥散着

隐秘的芳香，披垂你的千丝万缕如凡世的鸟羽，

带着永生的用心

突出云表，粘连的绿色托起你，

你用绒毛沾起的露水，

每一滴都做了大地的镜子，

照见漫山遍野

朽烂的斧柄。沉没在水底的树

不再是船，航向东方，

鱼枯死的地方，

用往事中全部优柔的瞬间，

铺成这片白银似的沙漠。

被时间欺骗的事物，

一度是无数陷阱。你安排了命运，

却没有安排好自己。

井也是可以直达大海的，轻叩桥柱，

门就开了。龙涎滴注的石隙，

通往南方梅花缭乱的宫阙，

通往梅花本身，

像历史一样曲折。

烛光熄灭后的暗室，听见一个朝代的话语。

这样我睡去，为了让时间

更自由地流淌，

漫过天河，扑上马蹄

卷上正在飘扬的旗帜，抱起午后蝉声中

幽暗店堂里，

一半埋在地下的酒缸。

一度开放，就永远是花。

即使在轮回中，

颜色变换，失去了名字，

你仍如往昔，

既是开始，

也是终结。

2015 年 3 月 24 日

痕迹

水流过去了，那些岩石还在。

去年的水，昨日的水，更早的水，而石头，没有年月。

水在石上留下了痕迹，

也许不是，是石头的风化，石头自身的迸裂，

它本来的样子，就像是一种流淌，

不甘于自守，又如颜色的游戏。

尽管在我们心中，水始终是好的，好过道德和历史，

但对于岩石，水不是唯一的。

风拂过，花香掠过，月光不厌其烦地照临，

在月光下，狼嚎，枭鸣，青蛙和蟾蜍擂起战鼓，

太阳则送来群兽的狂奔，

战车在几尺远处就绕开了，星舰从这里启程，

飞向没有水也没有岩石的星球。

一个人背靠树根坐下，

打很长时间的盹，从闭着的眼里，

有意志，或者相反，某种倦慵的力量，话语一样飘出来，

漫过石头表面，沉甸甸地坠入

岩石的核心。苔藓可能在这里生长过，

投射过金色的孢丝，但此刻，

未来的任何时刻，所有这些，都没有留下痕迹。

岩石不曾奢望改变世界，

它自己也不被改变，以为这可以使它

保持一点恒常的品质。

一粒微尘扬起，水是看不见的，

岩石同样也看不见，它们不会知道，

一个世界已经随之而逝，

带走了这个世界曾经有过的美好示意。

一个暗示，无关紧要，

不涉及伤损，在时空任何方向的维度上，

它是瞬息即逝的颤动，是虚拟的波。

这样一个夜晚，我数不清，

在月亮、酒醒者和错认的海棠的夜晚，

一只猫头鹰的眼睛，

睁睁闭闭了多少次。

无论我数多还是数少了几次，

都不会嵌入这黑鸟的记忆，它将照原样生活下去。

这就是我说没有痕迹的理由，

这就是我说水已成往事而岩石仍在的理由。

2015 年 10 月 1 日

必然

圣人走过的路，并不都是圣人之路

在圣人垂死的地方

芝麻花的紫色压过了河流的闪光

烈日把老虎的足迹

重叠在它一向鄙夷的野狗们的行止之处

生活就这样被记忆磨碎了

被折弯的树枝

再也没有回到原来的位置

而春天照样是春天，花开满地，昆虫醺醺欲醉

歌声从词语中逃出

像蜕去过去的躯壳

沉寂的春天

密布着盲人的眼睛

夜幕降临，昔日征伐的奇迹就消失了

一个人死去又醒来

就像此时此刻

在这里

想着那些在异域依然忠实地保留着果霜的葡萄

想着黎明前听过的鸟鸣

我们唯一能够确定的

是无处不在的不可言喻的必然

2016 年 2 月 25 日

沉落

鸟意识到自身为鸟
不是幸福，只是一个开端
历史嘲弄式的中断

一条鱼羡慕所有的鱼
鱼则共同羡慕着
一个不再飞翔的世界

翼然于地平线上的所有事物
都是为了沉落

因为时光在上升
——这唯一上升的影子

只要还攀附在绝壁上

就有友谊

在我们和深渊之间

在承认和拒绝的地名之间

在舌头和被迫咽下的腐烂果实之间

月光，一如既往地

照耀着李白和从未读过李白的蚂蚁们

2016 年 3 月 3 日

高处

从高处眺望

一切都是风景

因为细节被忽略了

活的和死的

是同样美丽

在道德中不断攀升

于是

一条永恒的物理学定律

一个有等号的公式

便成了世界

唯一合法的说明

遗憾的是

谁都没法从足够高的高处

俯瞰自己

2017 年 11 月 21 日

夜太深

夜太深
连美德都不足以
从这口井里打捞出一个白昼

甚至不能像
镜子一样
从井栏上映出阳光

岁月在井底安静地生锈
龙穿过地底
游向大泽

奔走在暗夜里
伴随着芦苇撕裂的声音
是大地神秘的信使

抚摸着每一块石头
嗅着每一朵抵抗的花朵
呼吸着窥伺者的敌意

我们是太短的井绳
但有的是无须乞求的寿命

2017 年 7 月 31 日

名叫未来的星球

如果把那个叫未来的星球
也画成一个地球仪
摆在沙发边的地上

困倦时随手一拨
未来便轻快地旋转起来
峰峦沟壑消隐于无形

如果旋转得足够快
所有不可一世的颜色都将褪尽
剩下淤泥似的一片

是无数人描绘过的山河
我们早已习惯这些古旧的球形物
有过动物一样漫长的成长史

在行将圆寂的古董店

挤在百年前的字纸和木石之间

像暮霭里努力睁大的眼睛

2017 年 11 月 2 日

他们

在同样的年纪，他们不约而同地
步入南方的山林，
露水每天早晨湿透他们的庭院和鹅卵石路，
最初被他们当成了雨。
漫游使他们睡得太深，
深得那么纯净，连梦都没有了。
他们在沉睡中无从寻觅，
也不曾被人寻觅，
尽管一直有温暖在心里。
可疑的自信和来自云端的关爱，
使他们一次次逃脱风寒，
免于书的苍白和诗的徒劳。
想到雨夜夜不期而至，而他们了无觉察，
是应当惭愧的。
一个敏感的人不应该疏忽

任何暗示、天意或人缘，

景仰者的扶乩。在品质和持久性上

接近了爱，甚至比爱更多。

如果天空是晴朗的，

谁又在乎云的不断舒卷呢？

然而他们很快发现，那不是雨，

而是露水。并没有被忽略的雨

击打在芭蕉叶上，击打在开过花的丁香叶上，打在冬天

依旧怒放的三角梅、羊蹄甲、黄花槐和鸡冠刺桐上。

露无声无息，

那就说明，他们以为在沉睡中的时候，

更可能是清醒着的。

无梦，只是因为他们

像天方夜谭中的哈里发一样，

因为幸运而耿耿不眠。

房间里，壁灯幽微，

庭外的灯，却和含糊的天色浑然一体。

同样浑然一体的还有

窗帘外的山峰、矮树和筑成假山的石头。

万籁俱寂，心是空的，

上午和下午交替而过，

避免了最明亮的日光，

邂逅在四点钟的欲晚时分。

他们说，作为假设的奇迹，

总在此时发生。

只有在微暗的光芒里，

让疑虑无处容身，

事物的颜色才是鲜明的。

因为万物都在此时分出了层次，

按照心愿趋于不同的方向。

你在吗？我一直在。那又意味着什么？

被认知，还是被认知者认知？

无论如何，他们知道，确实是确定无疑地看见了，

而看见就是

一种心灵的联系。

看见而且触摸到，听到了耳语，嗅到了芬芳，

谁能说，那就是我的呢？

谁能说，那不是我的呢？

我们不是心心相印吗？

名叫东坡的人其实并不绝望，

出于谦卑，他仍然说，我胖了，我的眼睛有病，

岁月已残，

我看不见面前的海棠，

看见了也不能相信。

一只鸟，把花的种子衔过千里万里，

让它绽放在异域。

它让故乡随我游走，

它说，故乡是不朽的，只因为你也要不朽，

有一天，你也会成为无数陌生人的故乡。

晨光和月光都要照出你的影子，

让你清减腰肢，淡漠心绪，

直到他们透过你，

望见了未来走不完的长途，

然后在某一天，一处寺庙，一座临江的亭子，

一个人的怀抱里，

重睹当年的形象，

重温少年时代对一生的回望。

他们知道事情一定会发生，

只是以不同的方式罢了，

时间和地点，都不能改变事情的性质和结果，

以及它必然的美好。

他们是被预言过的人，

注定过一种自己无法理解的生活，

被限定在超过自身的意义上。

那些以欲望的面目出现的困惑，

那些以喜悦的面目飞临的诘难，

目的何在？

是要摧毁还是成就什么？

没有历史是被满足了的，

没有一次奇遇不是天之绸缪，

没有一次绸缪等到了雨水，

即使名叫东坡，

上天也不曾有任何应许。

2014 年 11 月 30 日　武夷山

有菊花的冬夜

被冬夜收拢的世界

依旧风生水起

但在核心，在这扇窗户之后，在飞速移动的车厢里

拱廊下，菊花成团。在纽约之外

静止如哲学

如注定溃散的

目光。一个词被修改了后缀

一个人死去再醒来

海摊开他的丝绸被面，让月光漂洗，让

牛奶色的月光

裹住鱼的鼾声

普罗纽斯，那不称职的鱼贩子

相信"美丽"被用错

成了有病的词

因为在疯狂中一向蕴藏着真理

因为他说太阳在一只和天神亲吻的黑猫的尾巴上坐禅

猫没有名字

击溃所有的幻景

雨水已不能濡湿它的毛发

它扮成男人大醉而归

扮成女人守在橱窗里

每天换一身衣服，哭泣，配一杯不同的酒

祈祷并假装勇敢

来自炎方的季节还在等候

不愿轮回，变成草

变成某种有怪味的动物

只要冬天尚未开始

或者已经开始了却暂时无虞结束

只要你还在

灯总是亮着，世界总是

在你之外，像菊花一样静穆，像患病的词一样美丽

2012 年 12 月 29 日

你是

你跳跃的愿望是我们的藻海，
你是纠结的海草和头发，
你是风被蜂蜜粘在了树窠里，
你是帽子遮不住的脸庞。

你是紧闭和敞开的门，
你是迂回的道路，
你是船，你是马车和火车，
你没有方向，我们无从进出和进退。

火焰把白日焚烧了，
水把夜晚淹没了，
在日夜之间，你的手
弥合了所有的缝隙。

世上的孤城等不来援兵，
冬天将加重本已严密的围困，
我的马畏惧星光，
大地将拒绝我的足迹。

你是灯，是灯下的黑暗，
你是清晨滤过的茶汁，
你是下了一天又一天的雨，
你是雨中所有的草木。

你是禅定的钟声，
你是禅，你是禅者，
你是花雨覆盖了一座古寺，
你是没有人能读完的一本书。

字从来不认识我，
眼睛从来没有望见我。
我没有眼睛，
没有心，我不在。

2014 年 10 月 3 日

陌上花开

陌上花开

是那些熟悉的道路

阻绝了你的目光

是暮色中向着高处聚拢的花香

限制你的春天

不再匍匐于更广袤的土地

所有的声音都来自你

你是船

是云罗重裹的锦瑟

是煮不烂的果实

换来无数雪夜

一盏灯的摇曳

刺穿奇迹和轻率的预言

时间将不会轻蔑

玫瑰可能有的忧伤

驻足在每一级台阶上

倾听你像梦的蓝色融化流淌

像画幅缓缓展开

像风和舞者

簇拥着进入

被一再许诺的永恒

2015 年 2 月 1 日

抄书人

字母的缝隙间有什么样的仪仗，
华丽带人坐看神奇的千年。
枯干的手要从羊皮纸上，
用骨刀刮出一片可疑的蓝天。

夫人们，小姐们，
你们将从腐烂的丝绸中苏醒。
一抹红色勾出你们的眼睑，
再用黑曜石刻出国王的眼睛。

这是严冬唯一燃炉的房间，
主教的微笑还留在彩绘玻璃上。
叫拉丁文爬向远处，
阿拉伯文已缠绕出名号的辉煌。

日子匍匐在已冷的灰烬里，

那些葡萄酒没有白流。

只等站起身，双手轻合，

这世界便在逻辑中化为乌有。

1997 年

福德汉姆的爱伦·坡小屋

俄榭屋倒塌，你的弗吉妮亚走了
那些雷电交加的夜晚
黑衣骑士们驰过，透过雨水流淌的窗户
看见你苍白的面孔

曼哈顿的尘嚣从不曾填满
你深陷的眼窝，环绕岛屿的
哈德森河和东河，没有芬芳的波浪
为你用小船载来古典的容颜

指间升起的青烟
救不了你，被不同形状的瓶子收束的酒
也救不了你
你是荒野悬崖上赶着马车的盲人

化入辽阔的寂静。在人群中
走过乱攘攘的黄昏和彻夜的失眠
在小屋温柔的灯光下
你的头颅无比硕大

福德汉姆有过值得记忆的日子吗——
凌乱的街道埋没了花草
地铁交叉着咆哮往来
空气中飘满了焦虑和狂躁

那些你爱的名字，有着人世
最优美的音节。午夜白衣从塔角飘起
证实了你的梦
提炼自人世最不可靠的材料

在你门前的台阶上，此刻
秋阳灿烂，我无法睁大眼睛
让我无法直身的阁楼，使南向的眺望
充满了不甘心的幻灭

2014 年 9 月 7 日

1835 年，爱伦·坡 26 岁的时候，和不满 14 岁的表妹弗吉妮亚结婚。1844 年，因为弗吉妮亚的肺病，坡带着全家——他们夫妇和他的岳母兼姨妈，搬到曼哈顿岛之北的福德汉姆，那里远离闹市，空气新鲜，坡希望有助于弗吉妮亚的康复。房子两层，很小，一楼有卧室、厨房、客厅，二楼实际是阁楼，只有两间低矮而狭窄的卧室。但弗吉妮亚还是在 1847 年去世，年方 25 岁。爱伦·坡继续住在这里，直到两年后于旅行中去世于巴尔的摩，享年 40 岁。

米开朗琪罗特展上的费鲁齐的恺撒像

他出生的时候是个人
死的时候也是

五十八年的时光
被他填进太多的东西
有的出自雄才大略
有的出自无聊

征战、权谋和艺术创造
都是沉思的结果
一个沉思的面孔总是
令人肃然起敬

睿智不知道世上有善恶

更不知道

历史颠覆善恶

就像在平底锅里翻煎泥鳅

清癯是帝王的美德

马可·奥列留在行军的营帐中

曹操一样手不释卷

而屋大维永远气宇轩昂

忧伤的恺撒

死于光明磊落之手

死于一个伟大的理由

仍然是无辜的

即使是从布鲁图斯刺出的伤口里

流出来的也仍然是血

2017 年 12 月 5 日

43

蓝色：毕加索

毕加索的秋天肯定是冷的
就像那些
午夜里呼出的蓝色

清瘦的人抱紧胳膊
或者端坐无语
对着错点的苦艾酒

马戏演员和貌似孤儿的孩子
在收割中的田野上
回味着柯罗的温暖

蓝色与薰衣草无关
是鸭趾草花在青苔的院角
托起下沉的雁声

世界有太多无法想象的东西
天空在不知不觉间
成为失败的咒语

今夜还会梦见辛弃疾吧
骑着一匹老马
走在结霜的路上

2017 年 11 月 5 日

贝多芬三重协奏曲之广板

马群在月光下沉睡

大地的梦催生着残冬的花朵

影子滑落在掌心

如一只未睁开眼睛的鸟

一切就要被遗忘

我们不知道彼此的名字

你是陌生的

因此才亲近

就像道路和剥下的果皮

在你发黄的书页间

我过去的日子散灭如青烟

只有一个声音

你的声音

像珍珠在绸缎上滚过

一片树林升起

2012 年 3 月 25 日

里尔克的豹子

怎么说也是一种意识吧

里尔克走后的夏天

豹子们日日沉睡

这个夏天不热

雨水很多

假山上生遍了绿苔

豹子的午睡使人困倦

使人身不由己

在绝望中渴望语言

作为自己的化身

镜子破碎之时

哲学的联想亦告消失

1992 年 8 月 28 日

致惠特曼

必然的惯性，惠特曼，我从来难以

想象多雨之岛的颜色

渡口人潮狂泻，多年后的

布鲁克林桥

像旧邮票一样被人踩在脚底

竖琴喑哑

带电的肉体横飞

最美的形容词

被名叫玛丽琳的女人收服

无性的毡帽可以休矣

手插裤兜之时，总不能忘记

吹一两声口哨，伟大

在假装系鞋带而捡起苹果的时候消解了

其实什么样的交流都已不必

我们的生命

只是在误解中蔓延

我们不可能期待重生在

另一个遥远的世界，在假音唱出的

咏叹调里，焚烧语词

强迫打开

厌倦符咒之门

虚构的事物使人厌倦

庭院中露水如蜜

蜂鸟的啜饮之口

已在火焰中飘离

这里只有名字，银色的躯体

伫候在嫣红的落叶里

如往事中的残雪……惠特曼

天鹅绒的帷幕

就这样被操纵起落，一棵树

无论朝向哪里

都只能是自己

1992 年

51

海明威

在灯光明亮的洁净之地
海明威的老人总是梦见狮子
没有梦见海
或自由凶猛的鲨鱼

睡在传道书里已经一千年了
仍然记得血的颜色
与酒醉之眼的颜色
在重叠之后化为茫然

渴慕英雄和渴望成为神
都很可爱
如同沉溺在历史中
把自己玩成游戏

1994 年

再读海明威

冬天随你到乞力马扎罗山
在寒冷中狩猎
寒冷的非洲什么也没有
只有兀鹰嘲弄死亡的利眼

在音乐中摇摆的最后一片叶子
在不断迁移的帐篷中耗尽的生命
老人在傲慢的外衣下枯萎
不忍受任何哀怜

枪口难道比格言更好？
我看见青烟飘过你的胡须
回忆是穿烂的鞋子
谁都会在回忆中不能自已

1996 年 3 月 29 日

达利

达利的山在流淌，马在流淌，钟表滴落如泥浆
达利的风景
是噙在口中的冰激凌
达利的梦像舌头一样卷住了时间

如丝的双腿水蜘蛛一样滑过
浩劫后的海岸
不堪重负的远游
瞧啊，多少巨轮在高架线上爬行

洁净后的躯体，唯一的感觉是不像躯体
我们的色彩在哪儿呢？
猛兽扑来前的头脑，依然空无一物
我们的怀疑在哪儿呢？

开窗的卧室里飘浮着女性的火焰
没有玫瑰，这里只有眼睛
只有目光如杂草一样蓬勃满地
园丁变成他将剪伐的树

一只白鸽冲出海面
调色板上踏过无数鸭子
一旦脚印轻飘飘地飞走
无法回归的人将被迫成为奇迹

1994 年 2 月

凡·高

所有痛苦都是在死后被理解的
真正的痛苦
不一定与伟大相关
然而在这里
几乎成为伟大的唯一标志
就像酒店斜伸的青旗

灿烂的麦田和更灿烂的星空
是日日夜夜脱落的白发
为了露出粗糙的耳根

人世诞生他
听任他蹒跚而过
然后他离去
大雪并没有因此覆盖群山

或者大雨

让千里平原上

洄游着壮丽的鱼群

对于逝者

我们再多迟到的敬意

也无法掩饰

对后来者的继续漠视

2017 年 12 月 26 日

理查·施特劳斯的六个主题

一、狂喜和激情

太阳下山那一刻我长大成人
此后的黑暗太柔软
让我拉着你的手眺望远方
我的嘴发紧
指尖敲不出声音
我总是忘了从前应该做的事
记不得自己说过的话里
埋伏了哪些隐喻
风景一片片坠落
成群的座头鲸升出海面
他们把海搬到天上
笨重的躯体在星光下翱翔
我在纸上写下另一行字

到处是隆隆的车声

隔着帷幕

我已经旋转了几十个春天

我将继续旋转

直到所有的蜡烛熄灭

直到没有花也没有风雨

二、大病初愈的人

假装静默的时候最充实

因为仪式就要开始

护士就要带着她轻盈的脚步远离你

遛狗的人还在窥望

而电视里的相声就要被打断

笑之前请闭上眼睛

因为亵渎标志着认可等级和距离

双飞的蚊子被封在琥珀里

你无法再像水一样流淌

沉入谷底或凭空消失

他们一再重复的话正把你捏成

另一种形状
揉进另一种关系
你在重放中复活
在倍速进退的巢窠里继续打坐

三、桑丘·潘沙

我的前半生骑在驴子上，
后半生，我承认，我就是一头驴。
走路靠腿，这没什么不对，
长矛却总是刺向心和肺。
当我沉重的时候，
大地太轻，
石头飘向更荒唐的南方。
等酒击碎我的牙齿，
我就要附身在那些牙齿的碎片上，
镶在花心或沾在矛尖，
仿佛从来不曾厌恶过，
白花花的银子和羊群，
或追逐肥胖的女人。

原谅我一向没有承诺的追随吧，

无论朝向何方，

这世界没有意义。

四、唐璜

催熟葡萄的风，也吹裂花影和岩石。

船骨挂在夏日的齿牙之间，

是惊觉，还是迷惑？

乱纷纷的起点。一张脸

怎能随意返回？在明确的逻辑里，

难道只有我独自陌生？

法国号呼啸而至，

宪兵一样尖利和固执，

将快乐的人从床上和马上扯落。

你们从不懊悔，

自豪的眼泪，

填满所有分界的壕沟。

枪刺、皮靴、闪亮的肩章。

在夜的斗篷下，

一旦化为数字，

我们必是卑微的，

而女人的眼泪总是因为快乐。

风把法国号吹向即将爆裂的高度，

红色的纸屑飘洒一地，

告诉整个世界你的厌烦和惊奇。

五、 英雄生涯

不要说她蓝色的眼睛里都是厌倦

不要说她酒红色的晚礼服遮没了香肩

她说话的时候俯身太低

一缕头发投影在酒里

不要说她的腿太修长

皮肤像婴儿一样芬芳

房间里只听见她来回的步履

你的便笺倾斜了她随手抛下的诗集

弹过了肖邦再弹车尔尼
她要问你剑上的一斑是泪痕还是血迹

大理石很凉，也很遥远
紫蝴蝶栖吻在死者的眼睑

你至今还不曾变成雕像
只因为水晶灯下的光总是太凉

六、变形

从中断处重复，始终不能
再前进一步，十字路口的平面
向上向下都不是立体
而我在惊惶中是实在的
矛盾界定了此刻的存在
影子成形
没有实体
在春天还没有开始的时候
影子永远是影子

我们抹去足迹也抹去道路

如果没有太阳

就可尽情飞翔

如果没有

万事赖以成立的理由

我们就能自由

而不是终夜款款

在鸣锣收兵的时候被人唤醒

在手捧花束谢幕的时候

被光明招安

被难以言述的事物彻底击毁

2009 年 6 月

2012 年 4 月 16 日改

革命和日瓦戈医生

一

两个名字，那是一段很短的路。
从瓦雷金诺的土豆，
到尤里亚津孤独的图书馆，
雪橇，我们共同驰驱，
马，我独自一人。

列车总是在多年前的深夜驶过，
摇下你的眼泪，
在昏睡中，不自知地，等候两场雪
甘心情愿地分离。
城市在冬天不该这么脏，
因为太多脚步迈向了不该去的方向，
而我凭窗下望，

只看见凝固在风中的头巾。

手术之后坐下来抽一支烟。

一杯茶，没有茶点。

留在最后，听你们一个个告别。

一次擦身而过就够了。痛哭，舞会，

首次上身的

晚礼服。怀抱花束之前，

心已经枯萎。

二

五百里方圆，除了雪，没有别的房子。

月光仍在，烛焰照着

你们——你们仅有的彼此。今晚

世界空无一物，除了你，

带着往日的呼吸，在唯一的窗户上，

映出安详的影子。

狼嚎彻夜，那是坚定了希望的

恐怖，而你们抚摸着彼此的眼睛，
在陌生的名字下，写下第一行诗。
尽管哀伤无可辩驳，仍然因此
明白了自己，以及
他们，除了活着，还有什么样的意义：
活在这个时代是多么艰难，
活在此时此刻
是多么艰难。

三

突然的灾变，转徙于炮火和生死，
被分割，寒夜没有炉火，
狂奔，呼喊，拥抱。平静的时刻仍然塞满了
太多不容抉择的关头，
我们斥责闯入者，嘲笑
怯懦和无耻，剩余的轻蔑
只能留给自己。

在音讯全无那么长时间之后，在没有告别，
没有任何理由之后，桌上的咖啡杯
是否还留着？交织着金线的
方巾，是手的颜色，
耳根后耳环开始之处的颜色。
钥匙藏在墙角，松动的砖后，一封信
告诉我你可能回家的日子，
食物藏在老鼠找不到的
地方，窗帘一直拉开着，让我在
推门而入的任何瞬间，
都记得过去的阳光。

在你一无所知的很久以前，
我已经见过你；在我将要丧失的岁月，
我继续看着你。故事发生了，
你什么都不知道，甚至我的死——

四

载着你来的列车，载着你离去，
我不能抱怨安排好的时刻。
所有将来都是长久之前已经过去的，
而我在过去中守望，
能等来多少现在？
一转身就是一个轮回，
黑暗没有降临，
是一个世界向我关闭。

定格的街苏醒在又一场化装舞会里，
落叶盖满长椅，既定的角色
暧昧杂乱。紫色信号灯
指向的深渊，没有任何悬念。

其实一切都没有悬念：
诗和日常生活，手术刀和枪，
尚未磨平的鞋底，
战争、大衣和革命。

就这样，世界归结于一个苍白的概念

喧闹归于休止——

垂老在你最后流落的城市，

在重见你的刹那衰竭而死。

2008 年

夜叉

夜叉疾奔如电，目光也如

电一般明亮，夜叉腾空而起的时候

视万物如草芥，人如蝼蚁

世界缩成棋盘，一座城，变成了火柴盒里的

象牙玩具，因此，人

无从得见，抽尽血肉，也抽去灵魂

道德飘浮在云端，没有质量

供引力牵系，永不下坠，以至于

懊恼于历史和被历史收容

夜叉不一定吃人，有些夜叉吃人

有不得已的理由

可能一向只吃家畜的肉，进而隐忍

开始生吃猎获的野物，饮血

连皮骨也不放过

再往前，他们几乎肯定是谦和的

喝茶重仪式，青菜都要切得一丝不苟

爱书，崇尚理性

乐于抚慰他人，如果必要

是最优秀的学者和诗人

是在放牧群羊的鲜花草原

吹笛奏琴的人，那时列国静婉

战争仁慈，头发斑白的人，不会被俘

也不容被伤害，哲学王，抛耍着乌托邦

上下翻飞，像铜胎景泰蓝的健身球

像荔枝紫色的幼芽，像香蕉花

和成熟百香果初次散发的

热带的芬芳，堕落

总是一件委屈的事吧，否则为什么会

肝肠寸断，清癯到病体难支

道歉又忏悔？他们

在无可奈何的注定堕落之前

穿上最雅致的衣服

净手焚香，擎一枝荷花或牵着一条狗

有时是一壶酒

荣誉证书似的揣在怀里

害羞而终于款款走出
太平盛世的任何一个夜晚
风柔和，月色甚美，虫声婉转
大道如青天

2018 年 4 月 22 日

艺术和植物是美好的

一幅画不会

小狗一样步步追随着我们，摇尾巴，舔我们的手，

蹲在脚边，陪我们读哪怕最无聊的书。

一幅画不会，也不屑于，

撕咬，呐喊，哭泣，奔跑，对万物如饥似渴，

寄望和同情我们。

艺术家把眼光留下来，没有留下眼睛，

把嘴留下来，没有留下声音，

他们是简单线条勾勒出的耳朵。

一幅画是一道影子，

突出光的重围，摆脱依附的不明事物，

赤身裸体，洁净又空虚。

艺术的伤害是一种抚摸——

假如艺术可以伤害，天空也可以。

天空上的云彩，风和雨，我们睡梦中遗忘的星星，乃至
午夜的寂静，
都是伤害。一棵树会索讨
树栖者的欠债，花朵要拍卖它们无上的香气，
草说，我们将离开大地，因为大地是贪婪的，
只有贪婪的人才一天到晚唱牧歌。
日头落下，暮钟响起，雨水掠过橡树枝头，
那挽着父亲胳膊的女儿说，
这是我一生中最后的美丽黄昏。

咖啡和茶，都构织出漩涡，像一万张嘴在劝诫和诱导，
它们说石头没有一刻安静过，
奥克塔维奥·帕斯说，是石头禁锢了他的血液，
奥顿说一个出口就是一个开端，
然而哪一个出口，将通向地狱一样强大的神圣关系？
出口就是告别，还是逻辑的终结？
沉默到石头一般，
就是最好的花朵吗？

有两种统治：神的统治和植物的统治。

我不认为还有艺术的统治。

艺术永久苟活于他者的统治之中，

一旦自己统治，

将泯灭到片甲不留。

画完成，画家就死去了。

植物不懂得完成，因此能够轮回和永生。

在一幅画和植物面前，

我们是失去的黄金时代，是时代不可愈的痼疾，

是女巫脚下的歌唱：

没有任何预言比现实更好，

好过它能预言的所有世界。

2016 年 12 月 27 日

出关

绕来绕去

绕不出心中这一片沙漠

五千字排成的篱笆

是三十万里旅途

饿不死的身躯

要把灵魂拖垮

如许重关险隘

风景如痉挛一般宁静

一个人和他的青牛

就这样折磨着所有的道路

像卡在肠子里的石头

吐不出，咽不下

又无法消化

1989 年

玄奘法师

每一天，我都拥有一个世界
也为这世界所拥有
站在道路的尽头
注视着从远方走来的自己
再目送他离去

风把昨天的花吹回到昨天
海磨出的镜子
悬在星斗之外
在欲望停留的那些地方
飞鸟离散又重聚

道路和白象的城门
秋风中跛了脚的快乐的马
我的磨短了的禅杖

以及背囊

是另一种文字
要用死亡来翻译

在沙中僵卧的夜晚
鬼火飞舞
白骨耀眼
雨水无数次把月亮漂走
而我自始至终
尚未被神灵唤醒

2016 年 2 月 7 日

下午：白居易和博尔赫斯

午睡醒来
橙子
逆光而安静
仿佛喜悦于
自身的甘甜

如果没有在别人的眼睛里
看见自己的面孔
如果每一个面孔
都不是自己

秋日漫漫
云收雨尽

读过的书

在花影里焚烧
也许有一行字
是曾经写给我的
现在
它们也走了

万里之外的夜晚
被抽成了细丝
荒野之狐
正将长尾摇曳成红裳

2013 年 9 月 18 日

六喻

如梦
在精致的网上织一座迷宫
灵感来自菊花开时
已离去的人
和未离去的重重山影

再长的光阴也够消磨了
可是不要解释
经不起解释了
那些狂想构成的桥、巨厦
和往来的商旅

因为如幻
多好的奇异故事
在需要魔力之时

剑会闪出智慧

马会飞，闪电会闪现在晴空

尽管有太多伤口

女人的美仍然令人目眩

真不能想象并辔远征的结局

是看一座城堡

在火中埋葬

因为如泡，自水底升起

自黑暗的极终升向光明

自寒冷升向温暖

这浮躁的一片海洋

大而空无

无法穿过花

赞美必然成为谎言

因为如影子

追随着脚步

快慢如一，方向如一
姿态如一，爱悦如一

但不存在目的，因此是悠然的
悠然到
令人惊怖，令人直欲逃避
而造成了人的死亡
死于可尊敬的无知中——
可是静止
却为何劳累至死

因为如露水
千万种形式
在变化中，获得如此多的美名
以草为荣耀
以花为荣耀
以树和任何土地为荣耀
甚至在夜鸟的翅膀上

这所有的奇遇

和一个使命相联系

为了在黎明之前

让闪电奏出华丽的终曲

由地而天上

也算是升华和演进

或摆脱了什么

这小小的震撼

调动了色、光、音的迸发

可是我不相信

因为（直如人所说，所以为的）

这就是一种哲学

1990 年 2 月 19 日

解释

透过镜子，千万次回还往复
凝视着自己的真实影像

这一瞬间
镜子破碎了
你没有死

善意的历史是用眼泪堆出来的
一觉醒来
分不清鲜血和鲜花

凝视着死亡的眼睛大约是美的
勇敢地推开每一扇门
我们知道
再长再曲折的路

也要通到唯一的终点

放下花束
拿起石头

花和石头
用不同硬度的沉默
共同解释世界

1990 年 11 月 8 日

联想

一、蛇

蛇游进梦里
蛇背负着城市前进

一条蛇吞食
自己的尾巴

一条蛇吞食
另一条蛇

有两条以上的蛇
就有亲密和分离

蛇被自身的意义焚烧

化为朽木

二、鱼

水在鱼之外
天空优游于鱼腹

从前有水的时候
鱼没有脚

最早上岸的鱼
死于失恋

鱼们继续失恋
法则对它们总是很温柔

2011 年 3 月 2 日改

聊斋二首

一、画壁

你失了处女之身
在一堵画壁上
在一堵被烟熏黑的画壁上
你失了处女之身

引导我像引导盲者
暮钟沉沉在耳边

曾几何时，散花人的笑语
遮掩了木鱼声
在长长的错杂的万人行列里
我惊喜于突然的相认

引导我像引导盲者
寺钟沉沉在耳边

这样迷失如一只松缆的船
独自漂进杂草深处
而后木腐苔生
鱼虾相戏在周围

绝不会惘然若失，因为有你
引导我像引导盲者

但老僧的絮语未完
黄昏依然清爽
在一堵画壁上
衣衫如旧，人却变了装扮

二、狐狸

这只以古冢为家的狐狸

夜夜前来叩门

鬓边斜插的石榴花

使人无可奈何地想起春天

炉火熄了，砚中墨汁已成冰

书生的手指在《中庸》里

摸索着可能有的愉快字眼

一条鱼游在石头里

叩门声带着风景的印记

风扑扇在书橱周围

轻盈荡漾的衣袂如烟似雾

一串微笑和一个大欢喜

哦，这个可怜的脑袋

无法以训诂来考证眼前的发生

环佩叮当的腰肢

款款一摆，把两个世界结合在一起

1990 年 5 月 6 日

狐狸的语言

很久以来
狐狸已湮灭的语言
化作满月之夜
清凉的触抚
从沾满露水的草丛
弥散到
禁锢着众多失眠之心的墙垣

读书在荒山古刹
灰衣僧人的木鱼声
澄静内心的不安

我从不在黑夜归家
我已经远离黑夜
沉思像一种传染病

使世界日益憔悴

语言在不可避免地沦丧
总有一天
历史和我们雄辩的言辞
将化为
绝望的狼嚎
和鱼眼痛苦的一眨

杰梅卡十四行

一

杏仁之后是茶，茶之前是咖啡

雨停的时候没有人进来

吊兰在柜顶从容枯萎

打开信箱，电视剧堆满桌面

告诉我一个唇语的故事

其实早该回家了，南梆子之后

是一个小时的安魂曲

玛丽亚·斯塔德，我听不出你孩子气的声音

放慢了的节奏仍然不是安慰

天就要黑下来

带着电筒在街角

冒雨捡拾银杏。夜之后还是夜

但今夜我不喝酒，四平调之后

是一段南梆子，所有歌者都没有名字

二

在这样的雨夜走过未来

看见常识也看见了奇迹

如果没有雨，散步将一如既往

在街角坐下休息，和一个人迎面相撞

在进门前扭伤脚

想起延误的账单和轨道拉得不圆的星球

一如既往，但我失去的是

那样一种预感，不是需要成为

奇迹的一部分

而是看奇迹拂面而过

散步般，走上一千遍走过的路——

我撒落过苹果的地方

我跌破胳膊和脸的地方

在没有风的时候感受到风

在最深的孤寂中感受到你

祖母去世于 11 月的一个夜晚，距离我的生日， 只有三个小时。

2008 年 11 月 13 日

洛阳

依然如回他乡的故宅

竹子一千遍开花

牡丹在檀板中疯长

四月持续了二十年

夏天的样子已经记不起

那扇随手带上的门

再也不容打开

陌生的声音从另一个世界

追逐着陌生的

从未见过的花朵

在匣中珍藏的册页上

我是一个名字

一段涯岸

石上的一片苔藓

一片天外横过的红叶

指尖轻点后

蓝色一闪的惊喜

一只古瓶

约束起

正在晕散的冷和热

城市沦陷在你展颜的每一刻

田野上秋火流溢

游鱼纷纷走出我的眼睛

走出四月

惊惶的牡丹

从此驻足永久

三十六陂的弄日鹅黄

袅娜如自身的影子

多少狂乱的手

在下一个夜晚

听任铃声四面八方突然振响

　　　　　　　　　　　2009 年　秋

谐谑曲

四月花粉飞扬，钢琴在昏睡中如此强大
在铁轨上，碾碎尘埃和光
以及树林和草地，你立足的思想
那些文字，最终凝聚为一个恐怖的词
不可逼视的热度

铁和铁的击打
在骨头里融化

从最微小的地方开始
你告诫说，就如死是从幸福开始的
但幸福不会成长为死亡，也不会成长为任何东西

幸福只是

被当作萌芽

在冰雪依然沉静的地方
手轻轻落下

莱克星顿大道上的金属雕像

金属不再使人想起革命

质地消融，只有气味

日光在凉滑的曲线上爬行

炫目的正午，这些虚幻的几何之光

从昆虫抖动的触须上

升起，快意鬈曲，一沟残水

映出的枝丫和碧火。那是很久之前

与陌生人的对谈

唉，牙齿能在历史上

咬下什么样的伤痕？空余训谕的动机

盘结在线条的转折处

形成诱惑，成为致命的本质

女人的影子

俯瞰于高楼之巅

……想象一个世界的陆沉

一种语言的丧失，再一次
死而复活，被粗野地纳入
某种逻辑，不由分说，好比鸟鸣
最后的返照

1994 年 5 月

又一春

一

只宜开始的季节，向语言之外
寻找归途。反射在
盲鸦的空洞眼窝里的
金属之光，昭示一种黑暗的
诞生，一种美。刈割这些
矜持的不孕之花，杜绝
辗转于镜中，辗转于
死亡姿态残留的伟大之中
影子升起，一只蟋蟀长鸣……

二

在虚拟中衰朽的，同样会在

另一次虚拟中复活

吞食石榴花的马

过早地进入夏天

进入

因为隐喻而不至贫血的

古代。名字自由生长

而历史

被走过的道路抛弃

滋养草和昆虫——

迷途，这些不期而遇的狂喜

1994 年 5 月

图书馆附近的街角

非祈祷日的下午，飘浮在

酒和空气的哀吟中。被大腿装饰的

台阶，一直醒着。远方

鲑鱼正在洄游，时针不动，一片粉白的缤纷

海在瓶子里任人揉捏

任人贴上暗示的标签

这些衣衫的波动，把目光调理成

竖琴，光明的大调忽然衰竭

一阵痉挛，一阵沉默。教堂开向

盛开的玉兰，眼睛

嵌入叶脉。没有窗子，宣告

一件事的可能与否

而午夜的秘密完全被忽略

痛苦如约而来

温婉如同少女

一个瞬间接着另一个瞬间

直到经受的过程

成为经验，在现实之外

把我们紧紧包容

1994 年 6 月

风景之什

一、幻

从散花的那一天起
春天不再属于此世
颂歌像鸟群一样泛滥
鸟群如梨花

雨把江南带到纸上
纸在炉火边发黄
发黄的是脸，发白的是头发
只有散花的手没变

国破而山河仍在
这是所有风景的墓志铭
在大痴山人的秋山图上

多少绿色暗淡的悲哀

没有花的季节
是可能的存在
没有天空的鸟
是存在的可能

要一个雨中的三月
不必再彻夜展读招降信
画壁围成的池苑
围住的是我已抛弃的衰老

二、南浦之歌

烟雾起了。芦雁的秋晨
安排出一片白色
白的水，白的枯草
风干的白色足迹

五千棵树分隔了高楼和高楼

汀上的茅舍

如心头一夜丛生的苞蕾

病马踟蹰，咀嚼带刺的槐叶

想念一个槐花雨季

床下的鞋子生了霉苔

远游中的月色

被带回也失掉了令人欲饮的气息

……啊，在客舍题诗

在扬起的尘土中被人告别……

三、冬天的树

冬天的树显露了树的本质

树的线条

为病中的地平线绣上花边

扭曲的，纤长的，枝丫丛生的
贴在天幕上
托住压来的黑云仍不失其秀丽

大城金光灿烂而不可避免地倾斜着
积雪的墓地
为曼哈顿的高楼配上一副胸饰

想起倪云林皱着眉头地轻轻一抹
树就这样生长了
叶是奢华，开花是幻想

只有无叶的树，无叶的树林
是经过蒸馏的
清醇浓郁，虽然让人抵受不住

四、旧游

突兀而来，雪山悬在眉睫

我的晚年如此缤纷地飞满昏鸦

平林漠漠

被云气濡湿的日子

窗棂上抽起柳枝

咸水湖的盛夏

沙丘。银月下的空城

羊的蹄骨在树上，马的头骨

在风中。无花果送来的

安息，一个异国文字指引的夜晚

紫云英开了。鲫鱼

戏游在菱叶丛中

菱叶残红

一片宫闱的颜色

衣袖就这样衰朽了

在蛙声，在锈结了千年的

捣衣声中，在收拾起大地山河的叹息声中

衰朽了

五、断桥

断桥，陆游的毛驴曾在这里歇脚
那是另一个早春
杏花未开，也没有细雨

白石红萼，响起箫声和歌声
雪中归舟的晚上
范成大的温情洒了一路

然而总是许仙的红伞
在蒙蒙细雨中没完没了地飘
白雾掩去了远近的楼台

掩不去一些往事的影子
杨柳啊，荷花啊……
五月好生漫长的黄梅天气

六、在四十二街周围

确实是这样：灯火使我们升华了
咖啡飘过
陌生人的脸，烟头
在街角闪烁
远方海兽那沉重的呼吸
不再恐怖。

而且休斯顿的歌早已
破空而起，软皮本的《圣经》
孤独地倚在石阶上
门关着，铁栏杆
黑色。黑色的爵士，黑色的
阿姆斯特朗——
嘶哑的悲哀和美丽
一只小号

确实是这样。小号
在我伤痛的腿上舔着

在我身披的蓝色灯光上舔着

在泥泞中

我俯身去系松开的鞋带

不复梦见一双利爪在海底爬行

在玻璃的渊薮中

光与喧嚣

在布卢姆蹒跚的脚步声中

不复梦见荒唐的事物。灯火

使我们升华了，确实是这样

1994 年 2 月 24 日—27 日

记梦

我独坐涯岸

垂钓于这广大的黑暗之海

死亡之星群

飘浮在我的头顶

如秋坟的萤火

在静寂中

无声游动着的鱼儿

惨白而光滑的

冰冷而颤动着的

正趋向那邪恶诱人的饵

你即将被洞穿的嘴

本无言语

此时血也是缄默的

你那鼓出的眼睛

在墨一样沉重的水底

能看见什么

能梦想一番任何的花或草原吗

天河垂落

柳枝横斜

遍地闪光的白露

将湮灭我记忆过的一切

1989 年 7 月 25 日

履霜

善变的鸟
总是这样

踏落秋叶
扇起微波
拂斜柳枝

以红的轻盈
蓝的轻盈
黑的轻盈

总是这样
并不歌唱的

一天又一天

冬夜漫长
像划亮的火柴在风中

苦味

苔衣潜入的每一个夜晚

屐齿印在冰凉的眼皮上

那些水，坚韧的液体，不再承载着呓语

在漫散中消失

或者淹没了你日夜出发的城池

鱼游向黑暗深处

我所有的预感都是关于你的

在日光下和月光下

你的影子是不同的声音

被咀嚼在嘴里

流出四月之蒿的苦味

或者像浆果

即将坠入冬天广阔的聒噪中

在书页上抹去神的名字
因为你无法把世界装进一本书里
秋天恍恍惚惚
你什么都不是
季节只是随手撕掉了几页白纸

1998 年 9 月 23 日

六月之思

雨前的茶香

还不能算是成熟的气息

在下一个瞳孔里

瞻望

旧游之门并不为你打开

旧游之桥如文字

引你到另一个谷地

辛夷落尽

时间漫散如苔藓

一缕苦在暗中相传

黑鸟辗转相从

盘踞于山巅的飞甍

梦的预感

油然生起

面对兽蹄杂沓的屏风

和瓶中的猩红花枝

石头的清凉还能保持多久

大雨突至

酒杯依然空空无物

此时的选择

是开怀一笑

1996 年 6 月

三绝句

一

整个冬天
一棵树向我展示其衰老
从昏睡中醒来
意识到已忘记了自己的名字

鸟是必然的
一个来访的朋友也是必然的
归根结底
幸福的感觉
超越了虚构

二

未开花的海棠枝头的寂静

昨夜

千山万壑的大雪

像空船睡在无人的河岸

如火的僧衣

就这样沉入晚钟

死亡如初生的燕子

三

梦中所归之处

有寒泉和白石

一声鹤唳

在空旷的夜色里划过

没有人

松树发蓝的影子

飘在草叶上

1991 年

红雀

时间总是把我们变得瘦小，

一年，一个月，一天里的几个小时，

疲惫起来是那么迅速，

然而没有争取，也没有逗留。

天从四面黑下来，

来不及藏起一颗星星。

无数花在夜间枯萎，

我们却不会经过那些路，

看见无花的残枝。

一段路总是一个瞬间，

在路边坐过，歇息过，或奔跑而过，

一段曲子正好听到

最激动人心的瞬间，

微笑之间天地已老。

银河的旋臂已转过属于你的分野，

光在你的手臂上划过，

也就是一股雨水，

沿着树干流下侧枝，

流到枝尖下垂的花瓣上。

刮过的风总是要回头的，

不管为什么，脚步也总是要停的。

不管累还是不累，

那些鸟也要衰老，

尽管衰老得比我们晚些。

因为它们属于天空，

天上的时间更慢，

也更永恒。

2012 年 9 月 9 日　夜

万圣节的猫

忧愁从来不曾打动你
你使我们不慎的回望深广如海
假如我们因为你而失去夜晚
就像因为女人失去世界

2012 年 10 月 21 日

描写春天

描写春天并不可能

重要的是保持一种信念

春天之来

如风在水上

如琴弦的突然断绝

在无可奈何之中想起雪以及其他寒冷之物

在注水入杯之前

必先倾出杯中的旧茶

然而旧茶之曾经存在

又岂能遗忘

漠然。漠然。肃杀的三秋景象

樵者已归

渔人未返

漫长的寒冷使夜坚实如岩石

叩向寂寞

刹那间的金石铿锵

马之遗失

正在此时

我们历千万亿劫

死而复生，遍游三千大千世界

为鹿为马

为木为石

对于冷暖的辨析

是成圣的迷途

形而上的磷火

从实在的白骨上幻起

创造了欺骗的美学

春天朦胧而令人怀疑

春天之流畅如焦虑症般优雅蔓延

被排斥于梦境之外的蝴蝶

孤独地渡海远去

132

拥有那么多知识
却仍然盲目
道浓缩为最纯净的形式之时
便是空无

夏季的猖狂多少证实了春天的存在
逻辑把我们
引向草叶的萌芽阶段
倚石而卧
守候
最幽深的涧谷中
一株山茱萸的无聊开落
我们是观望者
拒绝介入
为了不朽

因此怎么可能描写？山河仍在，山河
已非旧观
春天之来
如风在水上

如琴弦的突然断绝

我们在绝望之中

被掩埋于雪

以及所有记忆的深处

1993 年

夏日

在等待智慧的夏日

石榴花象征了苦闷和焦虑

此刻，虚室如水

飘着筏的遗蜕

如此决绝于绿色

此岸的蝉声犹似彼岸

说渡

其实也枉然

红萼如帛

展开无人题赠的长卷

墨痕沥沥，浴过

千年的积雪

尚难以泯灭的若有所思

烦苦以至于枯裂

鱼眼隐没

空门高悬

而午夜的雷霆已降

于是俯首捧掬

一刹那一刹那

恍然惊觉竟有如此繁多之身

为琴为鹤

抚弄于绿衣的惝恍之手

逸脱向晚的烟峦

而又为虫为蚁

在被遗忘的槐荫下徘徊

为火为冰

为色为香

被时日把玩

被每一夜的池塘飞雨催老

骨肉都融

流水洗尽桥影

最后的耳语

是最后的默存

1995 年

秋兴

一

秋天的月光清苦如茶

难以回味，难以

靠长夜的独饮

寄托哀思

这一片山谷，纯净的空虚

不存在怀疑和拒绝

红叶红遍了整个新英格兰

因为寒冷，因为过早地

假定，我们陷入

鱼腹的黑暗

苦苦等待，被敌意挟裹

失去接受的机会

一颗星，或流萤眼泪般抛洒

不构成任何仪式
秋天的美好注定如此
在夜色里，远方的寺钟
已和空中的炉香
交融为露水

二

孤城高耸
飞甍下临江渚
鸿雁不肯渐于陆
鸿雁带走了最后的颜色

泊于晚潮起时
芦花无边无际
然而只有芦花
飘入寂寞深处

寂寞是漂泊的温暖之乡

由于寂寞

从笛中吹出的是冰

不是声音

三

至少有一种不安

在骚扰着秋天

秋天因此圆熟而沉重

如剑锋

如荒火中飞驰的野兔之足

如断枝的截面

或盲者之眼

秋天在萎缩

秋天的常识

萎缩为异形

恐慌深深潜伏在

未曾承受的心底

预感及信仰

仿佛自知——

马蹄的笨重和落叶的轻盈

成为不可挽回的梦想

四

从来就没有忧虑死亡

衰老曾帮助很多人

遁入并不坚实的辉煌

可是在某些时机

这些慷慨的馈赠

无异于压迫

虚幻之门，洁净如秋水

镜子的沉思能唤起什么

镜子的完成不是目的

镜子收拢了人的形神
秋天是衰老的镜子

五

赤裸的理想国，荒岛
陷于海底或浮在空中
哲学家用眼泪
浇灌红色花蕾的无皮之树
怕冷的鸟，本能地
畏惧冬天的河流
鱼的影子覆盖在身上
坚硬如岩石。沉默的花纹
规定的星辰的秩序
无论醒着和睡熟
心的形状没有改变
在理想国里，诗人们歌唱

一切景致都出自

杰出的安排

这是月光时代的终曲

美丽但不持久

期待一句魔咒

谁的脚步会在五千年后唤醒我们？

六

诗人，你的忧国

是繁花满树的合欢

当我坐在树下

伞形的花丝落在我头上

落在打开的书页上

我总以为有合欢的地方

是南方，家的感觉

这么浓这么浓

花丝如青丝

会因忧思而变白吗

多少花丝纷纷飘洒

密布艳丽的黄昏

欢喜或是哀伤

花丝的韵律绵密又沉郁

触地无声，化为纤尘

幽居的日子，山中

修竹成林，日暮独倚

恐成效颦佳人

罗衣轻薄不胜寒

家国何处？从一片漂浮于海上的

苇叶上，此时的忧国

何等无力

七

夜已深，钟声已沉寂

月光辉映在松林之上

秋天的玉露，洒向

千山万水，一切的败叶枯枝

在孤泊的船上凝聚为霜

在无人凭依的栏杆上化为露珠

衣袖湿润

发丝沁凉

在断续的笛声中

送走整整一夜青涩的梦

浓雾涌出山谷

掩翳了鸟一般高扬的城市

和望中的丛丛黄花

八

最后的秋日，同我一起消亡

一起步入不可觊觎的辉煌

猫头鹰的夜

所有残存的回忆

星星明亮得

仿佛随时可以融化

月亮锋利如刀

散发着一个伟大季节

所有瓜果的香气

这些偶然的诞生

躲过了多少灾难

终于成长到

学会眺望，而且眺望到了

应许给他的风景

几条河流

几处山丘

一座普通的城市

一个人，和他不多的书

古瓶在自身的孤独中迸裂

插枝又一次绽放

金黄色的花朵

水流出

又在一次呼唤中成形

凝固为过去瞬间的面容

风雪白屋

群马驰骋

一次想象就是一场革命

明净的松林
洪波涌起
野兽的咆哮覆盖了远方的原野
秋天之来
如墨在纸上的泼洒和渲染
世界不可预期
似其未生之时

确实没有什么可以改变
供岁月驱使，成就某项伟业
属于我自己的
在过去已经耗尽
千万只黑鸟盘踞于屋角
目光闪烁
仿佛歌唱
万物如铜在炉中冶炼
阴暗的火，光明的火
一起呼啸

直到世界在矮凳上慢慢坐下

咽下口中的茶

发出一声叹息

1992 年 11 月

骑在毛驴上的人

这个由于被压扁而成为胖子的人

本是畏惧旅途的

他说，无论是三月的江南

还是四季狂风的大漠

风景无非是一只饥饿的老虎

不能拿来吟诗作赋

不能腌在坛子里预备过冬

故人西去，把天空也带走了

疯癫的和尚年轻时见过的夜叉

自雪白的枯树一飞冲天

成为他想象的疆界

他至死都躲在无灯的荒寺

等候被讲述

风景把行路者变成别人的果实

牙齿嵯峨

仿佛万千都城

机智不是缩短而是拉长了事物间的距离

一度曾抹平他嘴角的皱纹

同时又拔高了他的鼻子

以退为退，像绒毛一样的柔软

却不能减轻他的体重

方便他跨上驴背

他一生都在盼望一个好的行囊

装满水和风干的驼肉

如他异国同样呆痴的前辈所笑言

每过一天

吃喝就把命运的负担减轻很多

很难说陷入就一定是悲剧

因为悲剧也可能是喜剧的假面

骑在毛驴上的人

习惯了骑在毛驴上

那是一种令哲学家扼腕的姿态

实际是拒绝了太多的东西

本想限制自身

结果限制了世界

痴愚造就他，分割他

就像神性造就和分割一个神

容不下任何凝视

因此他人的回首是惊心动魄的

即使跪在雪中直到被雪覆盖

仍然留下了痕迹

比失去一部分肉身更轻易

但同样继承了衣钵

他们观望的时候其实是被观望了

为别人创造了千山万水

看到的只是自己的影子

从这里万物重新开始

仿佛一堆金币在掌心里相互映照

至少有一种历史是从属于桑丘·潘沙的

而那个被拉长而枯瘦如柴的人

总是名叫堂吉诃德

2017 年 11 月 10 日

雨

一个晚上，雨就过去了。
你的雨是无数的夜，
下遍世界的每个角落。

仿佛逃离一般，
我们不可能被拯救的未来，
被包进果实，
成为坚硬的核。

狐狸和蛇
爬上高高的山巅，
他们是坚定的素食主义者。
如果草变成人，
就再也闻不到死亡的气味。

我将永远坐在月光里，

而大地把春天

紧紧握在手里，

像天鹅细长的颈

2016 年 2 月 23 日

眼睛

终于要面对这个世界的眼睛
你告诉他们：
我们不会伤害你

如果马从你们身边驰过
我们不会故意
让马蹄踏在你们的胸膛上

镜子从井里映照着天空
云上游鱼四散
你们被悬挂，仍然是采撷者。

衰老的眼睛是坚固的堡垒
我不再害怕对视
即使坠入很深

在我们的疆域里
你轻如风筝
是水的反光

是镜子的反光，刀刃的反光
露珠将带着它所有的阴谋
缓缓旋转

2016 年 4 月 15 日

人称代词

一

寒意随着你的影子掠过
抹去黑夜设置的屏障

所有打开的书页都是空的
文字流散
像花的依次萎谢

满架的字典也不能
教会我什么
因为所有词条都变成了你

最终你走近
我的影子在你的影子里消失

你不是春天
春天是画出来的
在纸上

二

无数次否定
早已把你化为零
化为一个恣意开张的负数
惟有留给别人幸福来完成神的赎救

镜子选择了沉默
仿佛是对人世沧桑的轻蔑

在戏谑的辩解和突然的沉默中
言语有着超出自身的温和
我觉得你从容的眼神是美丽的
正像往事
从容得不可思议

仿佛在马嘶声里
旗顺着落日垂下
像远道而来却犹豫着不肯敲门的陌生人

你是纷飞的千树杨花
是车声一样
在天际碾过的沉雷

三

我们飞过的天空是破碎的
是我们用倦怠的飞行把天空弥合起来

你的隐遁是神的反光
是锐利的刀面　风一般驰过
让成熟和半成熟的樱桃撒落一地

在空旷的街道
一个影子窥视和期待着我们

但我们不知道
那是一个人
还是一座雕像

四

被固定为标本的蝴蝶
是永远年轻的

从进入哲学家的梦中那一刻起
就没有起始和终结

翅膀上炫目的磷粉
从来与飞行无关

蝴蝶不会梦到我们
我们幸运而能够随时衰老

五

最终你总会明白
我们并不属于自己的理想
同理
理想也不属于我们
游离和背道而驰
都自然而然

烟卷烧到尽头
会把胡子烧尽
如果你喜欢那样的光明
就把自己风干

风干的星星可以泡在茶里
风干的鸟鸣
是可以煮熟的石头

毫无疑问
我们所有的失败都是败给自己

不是被拒绝
而是自我弃绝

人应该爱自己之外所有可能的人
如果他幸福
就注定微不足道

六

那些无尽丧失的夜晚是神圣的
长久以来的恐惧
带着过去的自己一同死亡
你内心深深的喜悦成了我的花园

我把我最好的品质赋予你
我在深荫下手持酒杯观望着你
最终你超出自己
也越过我思想的边界

我在黑暗中触摸那些花蕾
像触摸曾经的果实
一道墙切入，打断自然的进程
留下更多的空间容纳时间

山峰沉降，瀑布不再悬落
多年的傲慢变成自嘲
变成缓缓的长河
流遍你的每一寸土地

七

假如祝福是一种力量
让我祝福你的文字
而不是祝福你

人生不过百年
但文字有更长的路要走
草木不可能每时每处都开花

但文字可以等待

人死了
只留下一个名字
三个字
或者更少
记忆依傍其上
像瑟瑟欲堕的秋叶

而你的文字百万千万

影子难免被踩踏
喷一身沙子
雨从影子里梳出白发
黑暗里只有白色

文字没有影子
连风都不能牵系它们

此刻它们蜷伏在你的脚边

像黄昏里的猫

一道谢幕的风景

2017 年 6 月 28 日

冬日早晨的鸽子

阴晦欲雪的早晨

鸽子总是在医院楼顶的天空上

起落盘旋，沉静得如同

被风抽掉的落叶，你知道

在冬天，有些树的叶子即使枯干了

也仍然固守原地

直到春天，被新生的苞芽推落

鸟远去，逐渐逃脱视野

那时它们是轻盈的，像自由一样

毫无重量，幸福一样

如消除了限定的名词

然后它们翻卷，疾驰而下

瞬间胀满我们的眼眶

它们的降临根本就是垂直地坠落

一场小型的黑色雪崩

石头的暴雨，捕鲸艇四散的碎片

果实核心

忧郁症的蔓延，事实上

对很多事物，任何观察

最后都成了仰望：楼躺下

街道立起，树被压扁，而后孩子似的

沉睡，就连寒冷

也屈服了，我们感觉到的凛冽

缩成了没有厚度的界面

但仍然有尖利的刺痛

遥远，陈旧，华丽

仿佛君士坦丁堡月食后的必然沦陷

2018 年 2 月 1 日

城市

我们将幸存在陌生者的幸福里
悲剧是生活的叛徒

在梦着一个世界的时候我是美好的
一如世界在我的梦中

熟悉的城市
处处嵌满陌生的细节

是谁规定了我们的笑容
以及面孔遮不住的忧伤

夕阳照在小街唯一的咖啡馆
城市在窗外逐次消失

我们无梦可醒

2013 年 9 月 18 日

花园

影影绰绰

在多风的午夜

石像与花园一起散步

到河边饮水

如马，如牛羊

青铜的呼吸切开目光

时间的碎片洒落一地

书睡在草里

文字睡在书页间

文字构成的故事

使我们陷落

寓言的可能

如秋风中的露水

梯级旋转

导向什么样的迷宫

什么样的重门将我们禁闭

太多地依赖纯粹的形式

总是若有所思

谜语和白骨

在松树下终老

罂粟花近乎完美的诱惑

仿佛叩门声

供远客在想象中

开一场色彩的盛宴——

我们乃是历史的食粮

用自身和呕心沥血的虚构

喂养历史

1994 年

170

牡丹正红的时候

牡丹正红的时候

行路人的心也是红的

马眼褐黄

飘着去年的枯叶

两千里外

鲤鱼穿过

正午时分荷花的浓荫

绿的伞盖

红的鱼尾

熟悉江南烟雨的人

只有在寒气逼人的夜晚

才会忘却沙漠

垂老扶杖

还能造就什么

除了风中的游丝和蝉鸣

高于它们

在季候之上

空悬的是我们

唯一的镜子

1992 年 10 月 19 日

野葡萄

这就是我告诉过你的野葡萄……

藏在干裂的藤蔓
和粗糙瘦小的半枯的叶丛中
衬以被烤焦的黄土
依傍着灰色铁锈色的热烘烘的石壁

在路人烦躁疲惫的目光之下

这些浑圆的、密密堆积的
扑着果霜的
紫黑浆果

令人垂涎欲滴

玫瑰

幼嫩多汁的玫瑰
天真到不容许想象任何花开
青色尖利的刺
用柔软否定它注定的姿态

一只羊可以在早晨
漫不经心地吃掉这枝玫瑰
一只羊羔
甚至还没有牙齿

玫瑰曲卷着不可知的未来
关于我们和世界
关于正在成型的意识形态
唯独与自己无关

当我们一心向往光明的时候
我们忘记了花
忘记了它初夏时分的鼎盛
变成香水的过程以及它的刺

我可以把一根刺掰下
试试它如何刺痛手背和掌心
然后试试刺穿
风或者蝴蝶的翅膀

一把谨守道德的刀子也这样吗
在出鞘之前
假如突然迎接阳光
锋刃的每一寸都漾出微笑

但仍然不如玫瑰
那是因为玫瑰永远在成长
按照觊觎着的期望
在背离的同时日益加深其美丽

2016 年 6 月 14 日

食石榴有感

往日结子的石榴
拥抱智慧的记忆
遗忘要多少次捶打
才造就此时的美丽

辗转在我掌中
仿佛所有的季节
又仿佛我所有的日子
都找回了从前的颜色

穿越星群的眼睛
轻舟碾碎的积雪
山河倾覆如杯水
如黑暗的轻轻一瞥

从又一个地方逃离
又一次抛下足迹
让所有妄想凝结
不过是眉角的一滴泪

重开的花仍将纤柔
经不起任何决绝
那是必然的果实
哪怕无数次回到五月

这样就没有了永恒
这样就只剩下了琐屑
最优秀的心灵
击碎了渡海的蝴蝶

什么都不能拯救
残留的便是奇迹
也许有万世后的复活
是鹤在月光下的栖息

缝合后的时间
还会无数次被撕裂
文字一次次浮现
又一次次湮灭

形成于重复中的矛盾
因华表的常新而永别
牙齿轻叩下的甜蜜
提前将未来终结

2017 年秋

海棠

林深雾暗晓光迟，
日暖风轻春睡足。
——苏轼

有一天，世界将失去所有的颜色
或者我们因为厌倦
因为道德和同样匪夷所思的罪恶
放弃了对色彩的感知
那时四季如一
白天不再区别于夜晚
你的灯只好在每一个时刻点亮
祝福我们的睡眠
同时诅咒我们的醒来
哦，睡在死亡和睡在睡眠里
都是你的映照

获救于你的迟疑
沉湎于你最后的义无反顾

是的，我们将有更多的维度
更容易迷路
或被挤压在狭小的平面
永远仰望
不存在的存在和虚伪的存在
但你，红芳金蕊
锦绣重台
教会我们折叠时间
教会我们迂回和攀升
在遮蔽乃至暂时的封闭中
温暖自足

我不是一个习惯颂歌的人
从未和你同病相怜
在水仙郁金香和风信子相依为命的街头
总有牵狗的人匆匆走过
春天浮动着熏肉和意大利黄瓜的味道
章柳在几天里追上我的身高

初生的叶鞘里

藏着多少狐鬼的故事

在橡树高高的枝头

新绿如霉尘

然后如雾如霰

有一天，发现所有的伤痛都已痊愈

停留在不知名的所在

感受着距离的无限扩大

看见一切而不能留下记忆

却仍然围裹在记忆里

甚至像你

在被已逝的心灵记录下的每个瞬间

我的耳边没有声音

眼中空旷，只有摊开的手中

历经千劫万劫的话语

凝聚为你的颜色

你的芬芳

2013 年 4 月 30 日

长夏已尽

长夏已尽。最后的雨水
将整个夜晚
留给河岸忍冬的告别

晨光中回荡着红雀的微笑
但我看不见它们
它们在看不见的高处如同祝福

雨后的木槿
像蓝色的绣球开遍东坡的江边
曾是我不能理解的花朵

而它们始终是绚丽的
固执而善意地
观照着来来往往的岁月

我将安静下来
看野藤慢慢覆盖我走过的路
看着每一个夜晚

日益亲近
在纸上的文字逐渐消隐之后
想起那些熟悉的感觉

如狂放的薰衣草横过月面
如牵牛和矢车菊
夺目的幽蓝

一切离去的都是谦卑的
或者必将是——
谢意将融化我们曾经和仍将有的愚行

2014 年 8 月 25 日 晨

隐秘的消逝

不要唤醒沉睡中的花园，
不要单纯依赖死亡来制造奇迹，
不要相信月光，
和此刻正踏在脚底的路。

在看不见的玫瑰丛中刺也是看不见的，
看不见伤口就看不见痊愈。
因为痊愈而重新回到伤口，
由此牢记着你的幸福。

疑虑使过去轻如鸿毛，
你的未来则毫不犹豫地绕过了它。
有一种未来没有过去，
仿佛你习惯了一再重生。

每一次都把自己洗净一点点，
而植物仍坚守原来的节令。
被遗忘十年或者二十年，
如果必要，就是一生最好的时光。

惦念的道路只是一个展示，
在等待落幕或重新运行。
谁会因此被收拢在你的羽翼下，
像一个星系不明所以的诞生。

最终你必须习惯沉默，
习惯一座花园隐秘的消逝。
消失的面孔是从来没有过的面孔，
映照着旁观者的喜悦或忧伤。

2016 年 7 月 4 日

岁末

我不知道过去的形状，
我不知道昨日的颜色，
我不知道记忆中无可怀疑的美好时刻
是否真的属于我。
我已经走得太远，
仿佛深入蛮荒，
走过河源，直到没有河的地方。
那些陌生的疆域，
是前所未达，
还是不曾被留下遗迹？

我的生活已逐渐从生活中退出，
我已退化为一个思想，
被思想温柔地吞噬。
我是挂在思想的城楼上

一面褪色的旗帜，

只有那里还写着我的名字。

我是酒的火焰，

是孔子最后梦到的那座山，

是王安石在午睡的间隙，

拂触到的南风。

我是午夜的隐喻，也是

从不在梦里现身的神，

我是苏轼的目光最后投向的河岸，

在那里，秋天按照心愿，

让红蓼花恣意开放。

现在檐影在缓缓垂落，

抹去积雪和风，

落到海棠遥远的蓓蕾上。

现在远古的星辰，

又一次照临了我。

我用每根手指的指尖触摸那些

代表你的字母，

在色块、线条和明暗对比中

演绎我的喜悦。

现在南方正以它智慧的花季

向着北方燃烧，

在历史一直空置着的地方，

创造新的故乡。

我将继续退缩，凝集为更小的事物，

为了被容纳，

也为了消失。

眼睛合上，就是一片夜色，

覆盖着等待诞生的群星。

在路过的每一片树林，

我都睡去和醒来。

听见一个人的话语，

推开一家酒肆的门，

梦滑过千顷荷叶而继续荒芜。

当世界洒满晨曦，

从黄公望的山水和王蒙的隐栖图里，

从董其昌无比洁净的长卷，

从弘仁的幽亭，髡残的流泉，

从查士标纤纤的修竹和小桥之上，
我头顶的天空，就这样飘下
你雪一样的绵绵往事。

2015 年 2 月 23 日

抵达
——为一部电影和贝多芬而作

一

最后的下午风雨大作
广场上不见了鸽子
马车驶过无人的窄巷
维也纳一片空白

潮湿的小酒馆灯火歪斜
撞球声此起彼伏
粗暴的调笑像谐谑曲
在快乐之间揳入静默

三十年弹指而过
从大公的府邸到云雀的蓝天
早晨徜徉在林中

一支木管悠悠吹响

阳光下众生璀璨
躲过了时钟的坠落
甚至合上的眼睑也不曾
造就片刻的黑暗

二

雨季中没有炉火的夜
让我独自承受全部世界
擦身而过的死亡
和温柔的神启

而爱也从来不曾离开我
它只是疲惫了
厌倦了固有的情节
透过衰老重新开始

你垂下的头发和明亮的眼
你微凉的嘴唇
你跳跃在琴键上的手
是最美的形式

这样一种诉说
使我超出了自己
在领悟中痛苦
在迷乱中狂喜

三

掌声和笑容都不够
我更愿用一滴眼泪
去消融从前的误解
同时为了感激

因为那被抛弃的
已经极尽人世的荣华

那已经是海
供万千白帆航向远方

多少青睐和赞叹
所有的优美和庄严
愤怒当年如酒
今日寂寞如花

看一眼满地的惊讶和不屑
依旧负手而去
存在的既已存在
一切都将改变

四

我将在所有的慢乐章里等你
你这迟来者
你这虚构了名字的人
一个影子和神

不是神秘的升华
而是另一种回忆
不是病痛
而是痊愈

在自言自语里如何失落
那样的召唤和凝视
疾驰在黄昏的风雨中
就这样听到了天上之音

以我的方式听到
那也是你未来的生活
而我不再辛劳
因为这就是抵达

2012 年 1 月 24 日改定

194